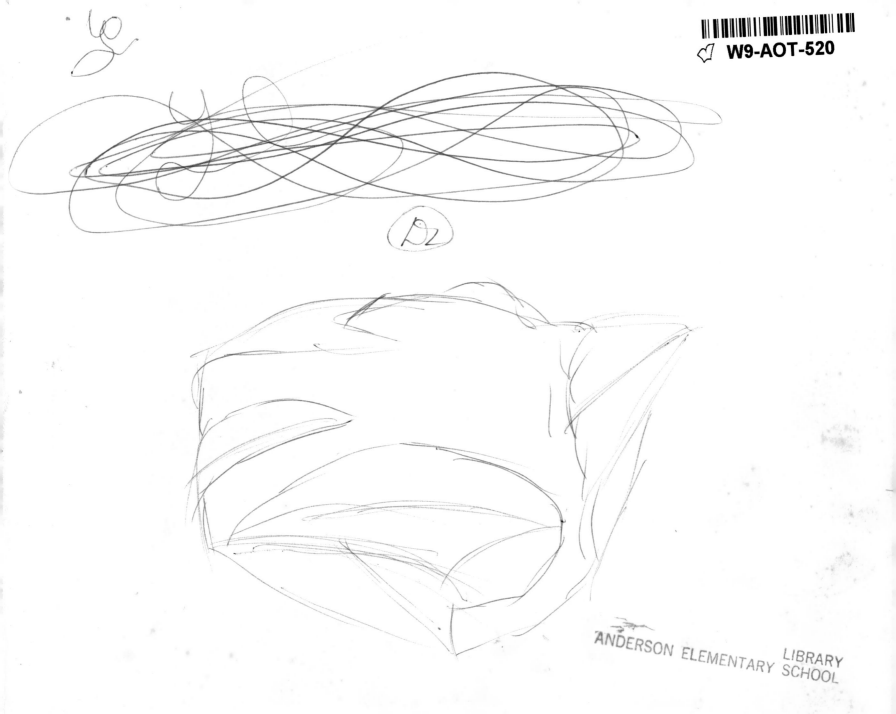

W9-AOT-520

Los siete
hermanos chinos

Los siete hermanos chinos

por MARGARET MAHY

Ilustrado por Jean y Mou-sien Tseng

Traducido por Susana Pasternac

SCHOLASTIC INC.

New York   Toronto   London   Auckland   Sydney

ISBN 0-590-48131-2

Text copyright © 1990 by Margaret Mahy.
Illustrations copyright © 1990 by Jean and Mou-sien Tseng.
Translation copyright © 1994 by Scholastic Inc.
All rights reserved. Published by Scholastic Inc.
MARIPOSA™ is a trademark of Scholastic Inc.

12 11 10 9 8 7 6 5 4 3   5 6 7 8 9/9

Printed in the U.S.A.   08

First Scholastic printing, March 1994

Original edition: April 1990

Nota del editor sobre *Los siete hermanos chinos*

Los siete hermanos chinos es un cuento fantástico que forma parte de la tradición literaria Han. Aunque sus personajes son ficticios, el emperador Ch'in Shih Huang, principal antagonista de esta historia, vivió del año 259 al 210 a. de C. Ch'in Shih Huang tuvo el mérito de haber logrado la unificación de China, al extender su soberanía sobre otros estados rivales gracias a un gobierno centralizado.

También se debe a Ch'in Shih Huang la construcción de la Gran Muralla, una obra monumental que comenzó durante su reinado y continuó en siglos subsiguientes de gobiernos dinásticos. La Gran Muralla se extiende por unas 4.000 millas (6.400 kilómetros) hacia el norte de China y tenía por objeto defender el territorio chino contra los invasores del norte. Construida totalmente a mano, con piedras, ladrillos y tierra, la Gran Muralla es la estructura más extensa que se haya realizado jamás. Su edificación constituyó una tarea ardua, agobiadora y muy a menudo peligrosa que costó la vida a miles y miles de hombres forzados a trabajar. Nuestros héroes usan sus poderes especiales para intervenir a favor de esta pobre gente y aliviar su sufrimiento.

En esta historia, la justicia triunfa y el tiránico emperador Ch'in Shih Huang encuentra su castigo a manos (o mejor dicho, a lágrimas) del Séptimo Hermano. Los historiadores sitúan la muerte de Ch'in Shih Huang en el 210 a. de C., mientras éste realizaba una gira de inspección por su imperio, sólo once años después de haber consolidado su poder. A pesar de su crueldad, el emperador Ch'in Shih Huang sigue siendo uno de los personajes más pintorescos de la historia china.

Encendemos ahora las lámparas de incienso y los invitamos a un viaje hacia el pasado, hacia el esplendoroso espectáculo de la antigua corte imperial de la China, para conocer al notable Ch'in Shih Huang y a los siete extraordinarios hermanos chinos.

Había una vez en China, en tiempos del emperador Ch'in Shih Huang, siete hermanos extraordinarios que vivían en la ladera de una hermosa colina. Los hermanos caminaban igual, hablaban igual, y se parecían tanto que resultaba difícil distinguir uno del otro. Pero al mismo tiempo cada uno poseía una cualidad muy especial, un don excepcional.

Primer Hermano tenía un oído tan, pero tan fino que podía escuchar el estornudo de una mosca a cientos de millas de distancia, mientras que los agudos ojos de Segundo Hermano divisaban a la misma mosca que estornudaba tristemente sentada sobre la Gran Muralla. Tercer Hermano tenía una fuerza tan increíble que podía cruzar toda la China caminando en línea recta, levantando las montañas que encontraba a su paso y volviendo a ponerlas cuidadosamente en su lugar. Cuarto Hermano también era muy fuerte, y sus huesos de hierro no podían quebrarse, doblarse o torcerse.

Quinto Hermano tenía piernas que podían crecer tan altas como troncos de árboles, mientras que Sexto Hermano nunca, pero nunca, sufría de calor, por más que trabajara y trabajara bajo el ardiente sol del verano. En cuanto al Séptimo Hermano, éste era el benjamín de la familia, y los seis hermanos mayores siempre hacían lo posible por mantenerlo contento y sonriente. Porque a la menor desdicha se ponía a llorar grandes lágrimas saladas, y cada lágrima era tan enorme que podía inundar una aldea entera.

Los siete hermanos vivían juntos muy felices y Séptimo Hermano nunca tenía motivo para llorar. Pero un día, mientras trabajaban en la ladera de la colina, Primer Hermano levantó la cabeza, y dijo:

—Oigo quejidos y lamentos a cien millas de aquí, en la Gran Muralla. Segundo Hermano, mira y dime qué es lo que ocurre.

Segundo Hermano dirigió la mirada hacia la Gran Muralla y gritó:

—¡Ay, ay, ay! ¡Veo un enorme agujero en la Gran Muralla! Y a cientos de hombres trabajando día y noche, noche y día. Parecen muy cansados y muy débiles. Quizá sea porque no los dejan dormir ni comer hasta que terminen de reparar el agujero en la Gran Muralla.

—¡Ay, ay ay! —se lamentó Séptimo Hermano, que siempre andaba con ganas de comer—. El sólo pensar en eso me es insoportable. —Y ya se iba a poner a llorar pensando en esa pobre gente que tan cruelmente hacían trabajar, cuando Tercer Hermano, sin perder un segundo dijo:

—¡No llores! Ahora mismo voy a ayudarlos. Y corrió tan rápido que llegó a la Gran Muralla en un abrir y cerrar de ojos.

Sin demora se puso a trabajar, pasando las enormes piedras de una mano a la otra como si fueran plumas. Y al llegar la noche, había rellenado completamente el agujero. Después, Tercer Hermano se acostó a dormir un rato.

Cuando el emperador se enteró de que un solo hombre había reparado el agujero en una tarde, no se mostró muy agradecido. Por el contrario, se le vio muy, muy preocupado.

—Un hombre tan fuerte, más que una ventaja, es un problema —pensó el emperador—. Un hombre fuerte puede ser muy útil a un emperador, pero éste es *demasiado* fuerte. Un ejército no será suficiente para atraparlo. Mejor envío dos ejércitos.

Cuando Tercer Hermano despertó de su corto sueño, se encontró rodeado por los dos ejércitos.

—Por orden de nuestro Emperador Celestial, cuyo rostro brilla más que el sol, serás ejecutado por la mañana —proclamaron los generales de los dos ejércitos—. ¡Lleven el prisionero al palacio del emperador! —ordenaron los generales.

Al oír esto, Tercer Hermano rompió a llorar.

A cien millas de allí, en la hermosa colina, Primer Hermano escuchó el llanto de Tercer Hermano.

—¡Tercer Hermano debe estar en un apuro! —exclamó. Y Segundo Hermano miró a lo lejos.

—¡Ay, ay, ay! ¡Se llevan a Tercer Hermano al palacio! ¡Está rodeado por dos ejércitos! No me sorprende que esté llorando.

—No se preocupen —dijo Cuarto Hermano, cuando vio que también Séptimo Hermano iba a comenzar a llorar—. Tomaré su lugar. El Emperador Celestial, cuyo rostro brilla más que el sol, puede tratar de cortarme la cabeza cuantas veces quiera. Quizás eso lo calme un poco.

Cuarto Hermano se fue corriendo tan rápidamente que llegó a la Gran Muralla en un abrir y cerrar de ojos. Y sin hacer ruido se deslizó entre los dos ejércitos hasta donde estaba su hermano esperándolo bien despierto.

Así fue que Tercer Hermano regresó a su casa, y Cuarto Hermano se quedó en su lugar.

Durante todo el día siguiente, los oficiales de los dos
ejércitos trataron una y otra vez de cortar la cabeza de Cuarto
Hermano, pero uno tras otro los sables se doblaban y se
quebraban al chocar contra sus huesos de hierro. Al final,
tuvieron que confesar al poderoso emperador, cuyo murmullo
era como el retumbar del trueno, que no podían cortar la cabeza
del prisionero.

—¡Un hombre con huesos de hierro! —rugió el poderoso
emperador—. ¡Qué lo ahoguen en lo profundo del mar!
¡Mañana mismo!

Cuando Cuarto Hermano oyó que lo iban a ahogar, se quedó muy preocupado.

—Los huesos de hierro no se quiebran, ni se doblan, ni se tuercen, pero sí se hunden —pensó y rompió a llorar.

A cien millas de allí, en la hermosa colina, Primer Hermano escuchó que Cuarto Hermano empezaba a llorar.

—Cuarto Hermano está llorando —dijo. Segundo Hermano miró a lo lejos, más allá de la colina y dijo:

—¡Ay, ay, ay!, mañana por la mañana, Cuarto Hermano será ahogado. No me sorprende que esté llorando.

—No se preocupen —interrumpió Quinto Hermano—. Tomaré su lugar. Y el poderoso emperador, cuyo murmullo es como el retumbar del trueno, puede tratar de ahogarme cuantas veces quiera. Quizá con eso se calme.

Y se fue corriendo tan rápidamente que llegó a la Gran Muralla en un abrir y cerrar de ojos. Se deslizó en puntillas entre los guardias y llegó hasta donde estaba Cuarto Hermano, que lo esperaba despierto. Rápidamente intercambiaron lugares y Cuarto Hermano regresó a su casa.

Al día siguiente, los soldados de los dos ejércitos trataron de ahogar a Quinto Hermano. Lo arrojaron en las profundidades del mar, pero sus piernas crecieron tan rápidamente que el agua sólo le llegaba a las rodillas.

Después lo arrojaron en aguas más profundas, pero el agua sólo le llegaba a la cintura.

Finalmente, lo arrojaron en la parte más profunda del mar, pero aun en la parte más profunda del mar, el agua sólo le llegaba al cuello y las olas rompían justo bajo su mentón.

—Ahhh, qué agradable y fresca es el agua del mar, en la parte más profunda —comentó Quinto Hermano.

—Es más peligroso de lo que me imaginaba —murmuró el espléndido emperador, cuya simple mirada era como el fulgor de un relámpago—. No se ahoga pero seguro que se quema. ¡Qué lo arrojen a las llamas mañana por la mañana! —ordenó.

Cuando se enteró de su suerte, Quinto Hermano rompió a llorar.

Lejos de allí, en la hermosa colina, Primer Hermano oyó el llanto de Quinto Hermano. Y Segundo Hermano dirigió su mirada más allá de las cien millas que los separaban de la Gran Muralla.

—¡Ay, ay, ay! —se lamentó—. Mañana por la mañana Quinto Hermano será quemado vivo. No me sorprende que esté llorando.

—No se preocupen —dijo Sexto Hermano, temeroso de que Séptimo Hermano también se pusiera a llorar—. Yo tomaré su lugar. El espléndido emperador, cuya simple mirada es como el fulgor de un relámpago, puede cocinarme todo el día si quiere —dijo tiritando de frío—. Quizá con eso se calme.

Y se fue corriendo tan rápidamente que llegó a la Gran Muralla en un abrir y cerrar de ojos. Y se deslizó en puntillas entre los dos ejércitos hasta encontrar a Quinto Hermano que lo esperaba despierto.

Fue así como Quinto Hermano regresó a casa y Sexto Hermano tomó su lugar.

Al día siguiente los dos ejércitos corrieron de un lado para el otro cargando leña, zarzales, manojos de ramas y maleza seca. Encendieron una hoguera tan grande que el humo llegó a todos los confines de la China. Pero Sexto Hermano nunca sintió demasiado calor. Calentándose a la lumbre de las llamaradas, suspiraba de felicidad.

—¡Oh, cuán gentil es este noble emperador al permitir que me caliente en su bello fuego! —exclamaba Sexto Hermano.

El noble emperador, cuyo más mínimo fruncir de entrecejo hacía estremecer la tierra como un terremoto, estaba furioso.

—¡Qué vengan los arqueros imperiales! —ordenó—. ¡Mañana por la mañana, atravesaremos a este hombre con flechas!

Sexto Hermano rompió a llorar.

En la hermosa colina, Primer Hermano escuchó los sollozos de Sexto Hermano.

—Segundo Hermano, ¿qué ves? —le preguntó—.

¡Ay, ay, ay! —gimió Segundo Hermano—. Mañana por la mañana atravesarán a flechazos a Sexto Hermano.

Los hermanos se miraron entre ellos.

—Contra eso no podemos luchar —dijo Primer Hermano—. Pero no podemos dejar que Sexto Hermano muera solo. Iremos a ver al noble emperador, cuyo más mínimo fruncir de entrecejo hace estremecer la tierra como un terremoto.

Que sus flechas nos atraviesen a todos, así, por lo menos, estaremos todos juntos.

Los hermanos comenzaron su viaje hacia el palacio, pero el pobre Séptimo Hermano estaba tan afligido que no pudo contener el llanto. Su primera lágrima fue tan grande como el más largo río de China. Su segunda lágrima fue tan grande como el segundo río más largo de China. Y las dos lágrimas eran tan saladas como el agua del mar.

Frente a ellos, un gran océano de agua salada y tibia se abalanzó por el camino arrasando con todo lo que encontraba a su paso.

La primera lágrima de Séptimo Hermano arrastró un ejército hacia el norte. La segunda lágrima arrastró el otro ejército hacia el sur.

En cuanto al emperador, las olas lo levantaron tan alto y tan lejos, que todavía está tratando de volver a su palacio.

La inundación provocada por las lágrimas de Séptimo Hermano pasó por encima de la Gran Muralla China hasta el mar Amarillo y volvió por el mismo camino en un abrir y cerrar de ojos.

¡Sexto Hermano quedó en libertad!

Corrió por el camino a casa y como sus extraordinarios hermanos venían a buscarlo en el sentido contrario, se encontraron en la Gran Muralla.

—¡Peces! —gritó Quinto Hermano. La ola había arrojado hacia la costa cientos de peces brillantes. Allí estaban, saltando y aleteando hasta la altura de las rodillas.

—¡Leña! —gritó Tercer Hermano, que había reunido un verdadero bosque de ramas para hacer un fuego.

Cuarto Hermano chasqueó sus dedos de hierro, hasta que una chispa comenzó un fuego con llamas fulgurantes.

—¡Fuego! —gritó riéndose.

—¡Oh qué hambre tengo! —dijo Séptimo Hermano—. Ahora que estamos todos juntos nuevamente, podemos sentarnos a cenar y olvidar nuestros problemas. Prometo que nunca más lloraré, a menos que sea absolutamente necesario.

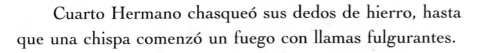

Los siete hermanos chinos se sentaron alrededor del fuego y tuvieron un festín con unos deliciosos pescados asados. Después de una semana tan llena de preocupaciones, estaban muy, pero muy hambrientos.